wahres
oder
war es nicht

Bibliografische Information der Deutschen Nationalbibliothek:
Die Deutsche Nationalbibliothek verzeichnet diese Publikation
In der Deutschen Nationalbibliografie; detaillierte bibliografische
Daten sind im Internet über http://dnb.dnb.de abrufbar.

© 2016 Martin Franz Neuberger
Herstellung und Verlag:
BoD – Books on Demand, Norderstedt

ISBN: 978-3-7412-5062-0

Alle Rechte der Verbreitung, auch durch Film, Funk und Fernsehen,
fotomechanische Wiedergabe, Tonträger, elektronische Datenträger
und auszugsweisen Nachdruck sind vorbehalten.

Die Kerlinger Höhe

geschrieben vom leben
erzählt von jedermann
gereimt von

martin franz
neuberger

franz martin
hält nicht viel von halten
mit ent davor
sehr wohl jedoch von falten

neben eigenen erinnerungen
an erzählungen vergangener tage
gibt es in diesem buch
dankenswerterweise auch die von
franz lehner - paul bierbaum - helmut bedenik
ernst lendway – johann lunzer
martin haas – joschko gettinger

DIE NACHRICHT

franz martin hört
er werde vater
just an einem morgen
als da noch der kater

hinter
seiner stirn
sich festkrallt
im gehirn

er hörts
und er vergisst es wieder
schlechte nachricht
ist ihm mehr als nur zuwider

später
fällt ihm plötzlich ein
es könnt auch
eine gute sein

EIN TRAUM

franz martin
ist nicht gerne täter
opfer auch nicht
aber dazu später

ein täter ohne opfer
wär franz martin sehr sympathisch
dann wäre auch die tat
nicht problematisch

franz martin träumt sich
täter ohne tat
weil es opfer
schon genug gegeben hat

ging es nach franz martin
wäre einiges verschoben
details dazu
siehe oben

DER DORFTROMMLER

franz martin hat einmal
als trommler sich verdingt
er wollte nämlich immer schon
und unbedingt

mit guter nachricht
menschen glücklich machen
er will dass alle
tanzen singen lachen

sein erster auftrag
ist gleich ungeheuer wichtig
doch fühlt er sich als überbringer
dieser botschaft eher nichtig

achtung achtung
es wird kundgetan
ab heute
essen wir nur mehr vegan

wir werden also künftig
viel gesünder leben
daher ist alles fleisch
beim bürgermeister abzugeben

kaum hat er den ersten schock
verwunden
ist schon der nächste brief
für ihn gefunden

achtung achtung
es wird kundgemacht
der alkohol
hat uns kein glück gebracht

damit wir künftig
besser leben
sind restbestände
ausnahmslos beim bürgermeister abzugeben

na gut - denkt er
von dieser nachricht lange noch benommen
es werden schon noch andere
bessere auch kommen

die woche drauf
man lässt ihn holen
wird ihm
der nächste text befohlen

es sei auf schnellstem wege
kundzumachen
dass ab sofort es streng verboten wär
zu lachen

wer trotzdem lacht
der zahlt ab heuer
für jedes lachen
eine zusatzsteuer

warum muss ich den leuten
immer schlechte nachricht überbringen
ich weiß doch ganz genau
wie gern sie essen trinken lachen oder singen

denkt franz martin sich
und er beschließt
dass er stattdessen
eine andre botschaft liest

achtung achtung
es wird kundgegeben
dass wir nunmehr selbst bestimmen
über unser leben

an gesetzen
haben wir schon viel zu viel
ab nun kann jeder
machen was er will

die leute fragen sich
was man von solcher nachricht halten soll
wenn sie wirklich stimmen würde
wäre sie ganz toll

doch
man weiß es nicht genau
also gehen sie hin
und schlagen ihren trommler grün und blau

stunden später erst
erbarmt sich einer
er hilft ihm auf und meint dann
na mein kleiner

du hast geglaubt
dass du der menschheit retter bist
weißt du jetzt
was freiheit ist

KOMME GLEICH

wien war damals
so hat mans in der schule auch gelernt
von st. andrä am zicksee
eine tagesreise weit entfernt

hatte man nun trotzdem
in der stadt was zu besorgen
dauerte dies inklusive essen usw
mindestens bis morgen

franz martin
dem dies wohl bekannt war
wars egal
solang sein wirt im land war

wozu denn überhaupt nach wien
vielleicht um ein glas bier
nein
da blieb er lieber hier

ein freund
war in der regel schnell getroffen
doch leider war an diesem tag
bei seinem wirt nicht offen

das war so ohne weiteres
nicht leicht zu glauben
den verstand sogar
kann so ein umstand einem rauben

und dann
kanns klarerweise leicht geschehn
dass man zu denen zählt
die schnell was übersehn

in diesem fall war es ein zettel
den er nicht beachtet
weil er nach nichts
als nur hineinzukommen trachtet

endlich kam ein weiterer
um seinen durst zu stillen
erschrak und stammelte
um gottes willen

auf dem zettel
franz martin schaute nun genauer hin
stand groß und deutlich
komme gleich bin in wien

TAGWACHE

franz martin ist die meinung
seiner gattin wichtig
sie liegt mit dieser
in den meisten fällen richtig

was ihn nicht weiter
oder näher stört
nur heißt das nicht
dass er auf sie auch hört

zum beispiel neulich
als sie fragt warum
schleichst du so eigenartig
hier herum

willst du um diese zeit
noch aus dem haus
denk daran
wir müssen morgen zeitig raus

er hörts
und meint jaja
ich bin in einer stunde
wieder da

doch kaum sitzt er
in freundesrunde
geht es um viel mehr
als diese eine stunde

und es ist schließlich
wirklich schon sehr spät
als er – und nur weils alle machen
auch nachhause geht

den schlüssel hat er bald gefunden
das loch dazu noch nicht
wohlweislich verzichtet er
dennoch aufs licht

und merkt
nach ein paar fehlversuchen
begleitet von
fast unhörbarem fluchen

als er schon meint
er sei verkehrt
die tür
ist gar nicht zugesperrt

katzengleich
versucht er durch den raum zu schleichen
um unbemerkt
sein lager zu erreichen

weils äußerst ungelegen käme
in der tat
wenn gattin merkt
dass er noch nicht geschlafen hat

er schafft es irgendwie
bis an das bett
und merkt
die frau ist schlafend wirklich richtig nett

sehr darauf bedacht
ihr diesen zustand zu bewahren
und sich dadurch
viel ärger zu ersparen

beginnt er
des erhofften schlafes wegen
seine kleidung
leise abzulegen

da stellt ihm
wie könnts anders sein
des schicksals hinterlist
ein bein

er torkelt kurz
die frau erwacht
sie setzt sich auf
sieht was er macht

blickt auf die uhr
und kanns nicht glauben
was fällt dir ein
um diese zeit mir meinen schlaf zu rauben

kommst du etwa jetzt erst heim
wo warst du denn so lange
franz martin aber küsst sie
geistesgegenwärtig auf die wange

und meint
so überzeugend er nur kann
wo denkst du hin – komm steh auf
es ist zeit - ich zieh mich auch gerade an

ÜBERRÜBENKANNMANSICHNURWUNDERN

franz martins wissen
ist im allgemeinen sehr gefragt
besonders bei der neuen
unbedarften magd

deren heimat typisch ist
für eher kleine felder
aber viele
wunderschöne wälder

wie ist das mit den rüben
will sie eines tages wissen
franz martin
konzentriert auf seinen nächsten bissen

weiß mit ihren worten
noch nichts anzufangen
die so unvermutet
an sein ohr gelangen

doch da er seine jause
nun schon unterbrochen hat
äußert er sich also
höflich akkurat

es freut mich dass du neben dem somatischen
auch deinen wissenshunger stillst
aber ich erkenne noch nicht ganz
was du mich fragen willst

die magd zieht einen rübenwinzling
aus der erde
und erläutert
mit entsprechender gebärde

jetzt denk ich schon die ganze zeit darüber nach
und kann die lösung nicht entdecken
wie diese zarten plänzchen wachsen können
wo sie doch ihr leben lang in fester erde stecken

du – erklärt ihr der befragte
kommst aus einer kleiner strukturierten gegend
bei uns dagegen
ist die weite in der landschaft prägend

so hat ein jeder von uns beiden
den ihm zugedachten horizont
doziert franz martin
und erklärt ihr weiter sehr gekonnt

ein mensch
wenn er das licht der welt erblickt
ist noch so klein
dass man beinah erschrickt

er ist
von luft umgeben
und diese braucht er auch
zum leben

man kann nicht sagen
dass sie ihn beengt
obwohl er durch sein wachstum
immer mehr davon verdrängt

das gleiche
macht die rübe in der erde
schließt franz martin
hoffend dass sie ihn verstehen werde

wo nun die verdrängte erde hinkommt
das verhehlt er
die magd jedoch durchschauts
ah – deshalb gibt es hier so große felder

ABENDROT

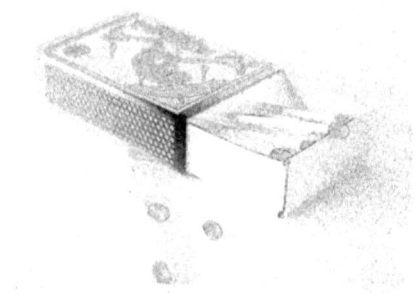

redensarten
gelten nicht für einen ort
sie lassen sich auch nicht verordnen
ab sofort

meist sind sie bekannt
in vielen landen
und keiner weiß
wo sie entstanden

über eine aber
weiß man noch bescheid
ihr lag zugrunde
abendlicher nachbarsstreit

worüber man sich stritt
ist ungewiss
trotzdem
gabs ein großes ärgernis

die häuser
waren damals schilfgedeckt
mit gutem
wärmetechnischem effekt

und trotzdem
wollte man sie oft verdammen
wurden sie doch allzu leicht
ein raub der flammen

denen sich hier
leichte beute bot
der himmel war in dieser zeit
wohl öfter rot

besagten streit
beendete der nachbar
mit einem zündholz drohend
das war damals machbar

sein gegner
sah sehr schnell die große not ein
als er hörte
der himmel wird gleich rot sein

franz martin
ausnahmsweise nicht beteiligt
meinte
dass der zweck die mittel heiligt

denn die beiden
haben keinen schaden dran erlitten
und seit diesem tag
auch niemals mehr gestritten

HOHER BESUCH

franz martin strebt zum wirten
mit elan
da redet ihn
ein unbekannter an

er sei
zum allerersten male hier
und hätte überraschend
lust auf ein glas bier

da – erklärt franz martin
sehe er noch kein problem
ihm selber sei es – gar nicht überraschend
jederzeit genehm

ab und zu auch
gegen seiner gattin willen
mit diesem edlen saft
den durst zu stillen

genau aus diesem grunde
habe er ihn hier doch angetroffen
und wie er sehe
sei das gasthaus ja auch offen

es gelte also
keine zeit mehr zu verlieren
und das gespräch dann fortzusetzen
bei zwei bieren

problem – so meint der fremde
sei vielleicht tatsächlich übertrieben
obwohl ihm da
doch ein paar zweifel blieben

ob seine gegenwart
in einem dorfwirtshaus so passend wäre
weil er doch
in ganz andern kreisen sonst verkehre

schießlich sei man doch
seit generationen schon
unbestritten adelig
und von

franz martins stirn
begann von ganz alleine sich zu runzeln
und seine lippen folgten ihr
mit einem leisen schmunzeln

dem rest
war fast nichts anzumerken
er half den adeligen
zu bestärken

sich einmal
in die niederungen derer zu begeben
die als gesellschafts rande
hier im dorfe leben

die hätten alle
sicher großen spaß daran
denn seine herkunft – da könne er beruhigt sein
sähe man ihm eh nicht an

EIN KLEINES BIER

franz martin trinkt sein bier
nicht wenn er muss
er trinkt wenn er es will
doch dann mit umso größerem genuss

sein wirt ist weithin schon bekannt
für seine launen
er selbst
bevorzugt einen kleinen braunen

doch ist damit
noch nicht gesagt
dass auch ein gast
wenn einer danach fragt

mit dieser variante
rechnen kann
denn manchmal
gibt es eben einen andern plan

auch wenn er gleich
mit einem geldschein winkt
kanns sein
dass er – der wirt – ihn selber trinkt

franz martin
kann so etwas nicht passieren
denn er
stillt seinen durst mit frisch gezapften bieren

getränke dieser art
sind eben etwas feines
doch eines tages
bestellt er nur ein kleines

ein kleines bier
das zahlt sich doch für keinen von uns beiden aus
warte bis du durst hast
dann machen wir ein großes draus

EIN HAAR

franz martin werkt gelegentlich
als zimmermann
weil er beinahe jedes handwerk
wie ein meister kann

und wenn er sich
mit einem dachstuhl mal beschäftigt
ist selbst das höchste lob für ihn
viel mehr als nur berechtigt

stück für stück wird passgenau
das eine an das andere gefügt
weil ihm am ende
nur die äußerste genauigkeit genügt

sein freund
der als gehilfe immer mit dabei
ruft eines tages
es ist anfang mai

auf dem dach hinüber zu franz martin
lauthals und aus voller kehle
wieviel zum nächsten stück
auf seiner seite denn noch fehle

als antwort kommt genauso laut zurück
es sei fürwahr
nicht mehr und auch nicht weniger
als bloß ein haar

der freund erledigt
in gewohnter schnelligkeit
die korrektur
geforderter genauigkeit

doch auf die frage
obs nun passt
kommt
was er gar nicht fasst

als antwort
immer noch ein haar zurück
also rückt man um ein weiteres
jetzt beinah schon mikroskopisch kleines stück

beim dritten
um-ein-haar-ersuchen
beginnt der freund
zu schimpfen und zu fluchen

dass mans schon
im ganzen dorf beinahe hört
wie er über solche arbeitsweise
sich empört

franz martin jedoch meint
gemach mein freund gemach
ich meine doch
ein haar der länge nach

HEISS UND SCHNELL

franz martin
kriegt bei seinem wirt
ab und zu auch mal
ein mahl serviert

das ist
nicht ungewöhnlich kompliziert
solang der gastrat
sich nicht echauffiert

zum beispiel über etwas
das passiert
obwohl sein sanctus dazu
unerhörterweise noch nicht existiert

dann nämlich
zeigt er meistens ungeniert
dass *er* als chef
die dinge kontrolliert

und nicht vielleicht
wie andere frustriert
womöglich
gar vor einem gast kapituliert

so ist auch dieser schwank von ihm
tradiert
wo er als löser
des problems brilliert

das just franz martin
absichtslos kreiert
und trotzdem damit
wirtes sympathie riskiert

als er
weil es aufs äußerste ihm schon pressiert
ein würstel
heiß und schnell urgiert

der gastronom
dadurch in keinster weise irritiert
macht seine arbeit
die er schon nach wenigen sekunden präsentiert

franz martin
der dies staunend registriert
ist voll des lobes und
er applaudiert

doch als er kostet
ist er sehr schockiert
die wurst ist kalt wie eis
und außerdem ganz dürftig nur garniert

als er den sachverhalt
moniert
kriegt er zu hören
heiß *und* schnell schafft nicht einmal ein wirt

ZWEI LICHTER

franz martin
fährt im sommer gern spazieren
im winter nicht
sonst müsst er frieren

sein fahrrad
hält er immer gut in schuss
kein wunder
geht er doch nicht allzu gern zu fuß

ganz oft auch
fährt er in der nacht
weil es um diese zeit ihm
ganz besondre freude macht

schon mehrmals
war im schutz der finsternis
franz martin
schadenfrohes ärgernis

für ahnungslose
radkollegen
die ebenfalls
der freude wegen

in lauer
sommerlicher nacht
wie mans
in dieser eben gerne macht

obwohl verboten
in zwei spuren
sich unterhaltend
grad nach hause fuhren

als ohne licht
franz martin scheinbar unachtsam
den plaudernden
mit diesem einen ziel entgegenkam

mitten durch ihr lichterpaar
hindurchzufahren
weil auf diese art
sie bestens zu erschrecken waren

als wieder einmal
in bewährter art und weise
ohne licht
und möglichst leise

franz martin
einem lichterpaar entgegenfährt
sehr frontal
weil oft bewährt

wirds nach lautem krach
in seinem kopf ganz plötzlich still
er scheiterte an einem
autokühlergrill

AUSGEKOCHT

franz martin will sich über seinen wirt
auf keinen fall beklagen
musste aber doch im lauf der zeit
schon einiges ertragen

der gast ist könig
doch ich bin kein monarchist
pflegt der gastronom zu sagen
wenn er grantig ist

das ist leider
ziemlich oft der fall
und dafür ist er auch bekannt im dorf
und überall

ob er nun
aufs bier vergisst
weil er grade
nicht in laune ist

selbstverständlich
darauf pocht
es sei rechtens
wenn er stets sein eignes süppchen kocht

oder wieder einmal grantig
und ganz ungeniert
warme speisen
einfach kalt serviert

da platzt franz martin
auch einmal der kragen
schließlich geht es ja
um seinen magen

und obs dem wirt nun passe
oder nicht
dieses vor ihm
sich befindende gericht

sei merklich schlechter
als an jenen guten alten tagen
er müsse das jetzt einmal
laut und deutlich sagen

das bringt das fass des wirtes
nun zum überlaufen
du kannst dir ja dein essen
auch woanders kaufen

meine küche wäre schlechter
als sie früher war
was du da sagst
ist wirklich unfassbar

dafür wirst du dich
bei mir entschuldigen
franz martin kanns nicht glauben
soll er ihm vielleicht noch huldigen

wenn er sich
so uneinsichtig zeigt
und zu offener verachtung
seiner gäste neigt

nein – der solle ruhig
wie ein gockel balzen
er werde ihm
die suppe garantiert versalzen

ja – ich glaub ich habe mich geirrt
begann franz martin bauernschlau
es schmeckt nicht schlechter als dein essen früher
das weiß ich jetzt genau

des wirten mimik
zeigt sich wieder sehr zufrieden
doch ist ihr – was sie noch nicht weiß
nur kurzes glück beschieden

denn – so fährt franz martin fort
mit wohldosierter hinterlist
wenn ichs recht bedenke
merk ich dass das gar nicht möglich ist

FAHRZEUGKONTROLLE

franz martin
war einst polizist
was er mit viel erfolg
gewesen ist

den dienst
versah er immer mit humor
doch eines tages
fährt ihm einfach einer vor

ganz keck
und richtiggehend ungeniert
was ihn in höchstem maße
irritiert

ein überholmanöver
trotz geschwindigkeitsbeschränkung
ist fürs gesetz – das er doch selber ist
und damit auch für ihn persönlich eine kränkung

was sind denn
das für sitten
liest wenig später
er dem sünder die leviten

das ist immer schon
und weiterhin auch mein revier
und wers nicht glauben will
der kommt in ein quartier

mit schwedischen
gardinen
das eine
sag ich ihnen

und wie er – innerlich zwar lachend
immer mehr sich steigert
bemerkt er
dass jener ihm die unterwürfigkeit verweigert

er fährt zwar ungerührt
und weiter sehr entschlossen fort
doch fällt ihm der beschuldigte
respektlos in das wort

schnell – das auto
los – geschwind
nun sieht auch er
dass langsam wegzurollen es beginnt

geistesgegenwärtig drückt franz martin
block und stift dem raser in die hand
und rennt dem auto hinterher
wie er noch nie davor gerannt

denkt nicht mehr
an strafmandate oder haft
und schafft
das schier unmögliche mit letzter kraft

ein paar minuten später
steht er wieder da
vor einem staunenden
der selbiges noch niemals sah

und felsenfestest überzeugt ist
dass diese seine missetat
der polizist nun als gemildert sieht
weil er auf ihn gewartet hat

doch während er von dessen einsatz
sichtlich noch berührt
wird amtes handlung
von franz martin fortgeführt

DAS WASSERBETT

franz martin
war vor vielen jahren
wie es damals
alle seine freunde waren

knecht
auf bäuerlichem gutsbetrieb
weil ihm sonst
nichts andres übrigblieb

trotz allem aber
fühlte er zu höherem sich stets berufen
und träumte zwischen hörnern
federkleid und hufen

immer wieder
von der großen weiten welt
die so viel unglaubliches
verborgen hält

es ist – so sagte er einmal
genau genommen nicht zu fassen
also sollte ich es
übel oder wohl dabei belassen

nur eines ging ihm
auch beim besten willen nicht mehr aus dem kopf
da konnte er sich noch so ziehn
an seinem eignen schopf

er hatte von der sache
einst im radio gehört
und war seither
so sehr davon betört

dass er
obwohl er selbstverständlich wusste
wie sehr das allen
auf die nerven gehen musste

den ganzen tag
von etwas anderm nicht mehr reden konnte
weil er gedanklich
sich schon darin sonnte

keiner seiner freunde
fand in irgendeiner weise das noch nett
franz martins sämtliche gedanken
kreisten um ein wasserbett

am morgen als der erste hahn
noch gar nicht krähte
und jeder andere
im bett sich nochmals drehte

begann es
mit dem täglich gleichen gfrett
franz martin
redete vom wasserbett

zu mittag
auf dem weg nachhause
als sich jeder freute
auf die kleine pause

und nach schwerer arbeit
gerne eine zeitlang ruhe hätt
gabs kein andres thema
als das wasserbett

auch im wunderschönsten
abendrot
das genug
gelegenheiten bot

für tratsch und klatsch
von a bis z
hielt franz martin fest
an seinem wasserbett

es kann
so nicht mehr weitergehn
man kann es wenden
oder drehn

ganz egal
wie man es will
dachten sich
die freunde still

und kaum
war es beschlossen auf die schnelle
war auch meister zufall
passend schon zur stelle

am morgen - zum zeitpunkt
als normalerweise man das haus verlässt
schlief franz martin
immer noch ganz tief und fest

eingehüllt
in alle seine decken
war von nichts und niemandem
er aufzuwecken

tags zuvor
war nämlich er noch länger aus
die freunde
konstruierten ihre chance daraus

sie trugen kurzerhand ihn
mit der liegestatt
was es im dorf
noch nie davor gegeben hat

vors haus
und stellten ihn mitsamt dem möbelstück
in eine große wasserlache
denn zum glück

gabs in der nacht davor
noch etwas regen
den freunden
kam das sehr gelegen

viel schaulust
hatte sich inzwischen schon dazugesellt
auch eine tafel
war noch schnell bereitgestellt

und darauf stand
in lettern dick und fett
da hast du nun
dein wasserbett

DIENST IST DIENST

franz martin
saß in seiner kartenrunde
oft schon
bis zu später stunde

gewöhnlich
spielte man zu viert
und war
entsprechend motiviert

den anderen
die bummerl gern zu überlassen
doch eines tages
man konnte es nicht fassen

kam der vierte
einfach nicht daher
man fragte sich
wer spielt statt ihm nun – wer

zu dritt wars schlicht und einfach
ganz unmöglich
drum war es äußerst edel
und sehr löblich

dass einer
sich bereit erklärte
der ihnen sonst mit seiner gegenwart
nicht immer freude nur bescherte

es war der dorfgendarm
er war zwar dienstlich unterwegs
behauptete jedoch mit nachdruck
er verträgs

in solchen situationen nicht
dass jemand die bereitschaft fehle
und sich
aus der verpflichtung stehle

gerne
helfend einzugreifen
und wie in diesem speziellen falle
die gegnerschaft gehörig einzuseifen

die blicke der drei kartenspieler
kreuzten sich verlegen
sie betrachteten das angebot
nicht unbedingt als segen

war doch allgemein
bekannt
der dorfgendarm war eher ungeschickt
mit karten in der hand

doch wollte man der uniform
und höflichkeit zuliebe
nicht dass hilfsbereitschaft
auf der strecke bliebe

und schon
war für die nächsten stunden
ein opferlamm
gefunden

es kam so
wie es kommen musste
der dorfgendarm
der meist nicht wusste

was mit seinen karten
anzufangen sei
kassierte nach der reihe
eins zwei drei

ein bummerl
nach dem andern
das gefiel
den mandern

und sie lachten über ihn
ganz unverhohlen
hatte es ihm keiner
doch befohlen

der dorfgendarm
der machte gute miene zu dem bösen spiel
doch irgendwann
wars ihm dann doch zu viel

und er schlug vor
das spiel nun zu beendigen
er müsse heut
noch etwas dienstliches erledigen

so trank man also noch
in aller ruhe aus
und machte sich in bester stimmung
auf den weg nach haus

jedoch als sie
zu ihren rädern griffen
wurden sie vom hüter des gesetzes
forsch zurückgepfiffen

keines ihrer räder
überstand den strengen test
an jedem stellte er gleich mehreres
an mängeln fest

die drei begannen
wild zu protestieren
er aber meinte nur
es gäbe nichts zu diskutieren

was er da mache
sei nichts anderes als seine pflicht
und nur gewinnen
könne man nun eben nicht

DER CHARDONNAY

franz martin punkto wein
man bringt es leicht auf einen nenner
ist alles andere
als ein profunder kenner

doch er genießt
und urteilt einfach und auch schlicht
ob er ihm schmeckt der tropfen
oder nicht

neulich
als die erste flasche sich zum ende neigt
und der produzent derselben
sich spendabel zeigt

im nächsten augenblick
auch schon dem kellner winkt
weil man – wie er meint
noch eine trinkt

soll sein neuer riesling
noch verkostet werden
der ganz sicher
zu den besten zählt auf erden

so der winzer
und franz martin werde staunen
wenn er diesen
spürt auf seinem gaumen

schnell ist zur bestellung
die notiz gemacht
ebenso
die flasche auch gebracht

und wie es
in der branche ist so sitte
schenkt der ober ein
und stellt die flasche in die mitte

der winzer greift zum glas
er hält es in das licht
und er gerät ins schwärmen
typisch riesling - diese farbe – oder nicht

franz martin tuts ihm gleich
und meint zu dem gefunkel
für einen riesling
ist er mir zu dunkel

auf keinen fall
kommt es von gegenüber
und das leuchten seiner augen
wird ganz kurz ein wenig trüber

doch als er an dem glase riecht
kommt er noch mehr ins schwärmen
wer könnte sich
für diesen riesling nicht erwärmen

so leicht und duftig
wie man es nur selten findet
franz martin aber
der sich dreht und windet

um seinen freund
nicht zu vergrämen
meint
er würde sich beinah schon schämen

weil er vom wein
ja offensichtlich nicht das mindeste verstehe
da nun auch der geruch
für ihn in eine andre richtung gehe

durch solche kenntnismängel
etwas schon genervt
erklärt der fachmann lässig
wie man seine sinne schärft

entschuldigend meint der belehrte
aber sehr gelassen
es sei das rieslinghafte
im moment für ihn noch nicht zu fassen

kopf geschüttelt
glas geschwenkt
dem winzer scheint es besser
nicht zu sagen was er dazu denkt

stattdessen
wird der nächste schritt gesetzt
und die geschmackspapillen
mit dem edlen wein benetzt

da die aromen
sich nun voll entfalten
ist der verkoster des geliebten rieslings
überhaupt nicht mehr zu halten

ist das ein tropfen
mit dem gewinn ich jeden preis
franz martin meint jedoch
ich weiß

zu recht
wahrscheinlich
wenn auch für mich
nicht augenscheinlich

lobst du den wein hier
über jeden grünen klee
nur eins versteh ich an dem riesling nicht
warum steht auf der flasche chardonnay

ERDÄPFELSCHMARREN

franz martin und zwei freunde
halten feierabend grad zu dritt
als ein eher unbeliebter
das lokal betritt

gar nicht aufgefordert
oder eingeladen
hängt das schwert von anfang an
an einem seidenfaden

erst recht
als er in altbekannter weise
nicht unaufdringlich
und auch gar nicht leise

sich und alles seine
in die mitte des gespräches zieht
jedesmal
das gleiche lied

denken sich
die andern
und ihre blicke
wandern

hin zu einem sack kartoffeln
deren größe er gerade preist
was laut ihm in weitrer folge
seine unfassbare tüchtigkeit beweist

so jetzt reichts
beschließt franz martin sich zu wehren
ich lasse mich
doch nicht belehren

von einem
mit so großen äpfeln aus der erde
ich weiß schon
was ich machen werde

und da
der großkartoffelbauer
seines zeichens
selbst ernannter superschlauer

scheinbar immer lauter
nach bestrafung schreit
nützt er
die gelegenheit

als jener
auf dem stillen örtchen sich entspannt
und schneidet in den sack ein loch
mit flinker hand

wenig später
aufbruch naht
unbeliebter schreitet ebenfalls
zur tat

und schultert schwungvoll
seine äpfel aus der erde
mit denen seine gattin ihm
den besten schmarren zubereiten werde

doch kaum befindet sich
der sack auf seinem rücken
streben die kartoffeln wieder erdwärts
aber nicht aus freien stücken

so ein schmarren
schimpft er und das ganze wirtshaus lacht
jetzt brauchst du nicht mehr warten
bis die frau dir einen macht

DER NEUBURGER

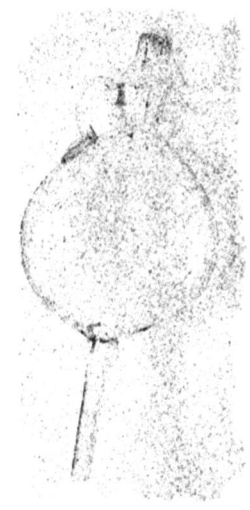

franz martins lieblingswein
ist jede sorte
selbst über den gemischten satz
verliert er keine bösen worte

aus diesem grund ist er des öftern
zwischendurch bei seinem freund dem schmied
der zwar bekannt und auch gefürchtet ist
für seine art denn die ist sehr perfid

doch wird dies locker wettgemacht
und das ist fein
von seiner gastfreundschaft
in punkto wein

weil nämlich er auch selber
immer wieder gerne einen trinkt
wird beinah jeder gast
hinabgewinkt

in den keller
zu dem kühlen weißen schatz
und das ist ein ganz edler
und gemischter satz

hier in weineslaune
manches mal ergibt sich das schon ziemlich bald
kanns sein
dass man gerät in einen hinterhalt

so auch jener
ahnungslose kunde
der im keller vorfand
eine keiner bosheit abgeneigten runde

neuburger wär die sorte
die er kaufen wolle
da hörte er auch schon
dass er runterkommen solle

denn man verkoste
grade eben diesen
und der sei
als der besten einer ausgewiesen

neuburger selbstverständlich
aus der besten lage
dann komm ich - meinte er
ein andrer komme für ihn nämlich nicht in frage

er kostete
und gab dem schmied zufrieden recht
von diesem wein
kann keiner sagen er sei schlecht

er sei vielmehr - da wär er
nach dem zweiten glase jetzt ganz sicher
ein ganz besonderer neuburger
das schmeck er und das riech er

aus diesem grunde
nehme er gleich eine größre menge
dadurch begab er sich jedoch
nun vollends in des dorfschmieds fänge

denn kaum war das geschäft
nun abgeschlossen
wurde auch schon
kräftig darauf angestoßen

und als der käufer
mit dem hochgelobten weine wieder fort
meldete franz martin
sich zu wort

ist das ein trottel
der ist doch nicht ganz dicht
trinkt – so sagt er – nur neuburger
kennt ihn aber nicht

GOTT ZUM GRUSS

franz martin
ist von äußerst kurzer sicht
was weiter weg ist
sieht er einfach nicht

sein freund
ist eigentlich ja eh ein guter freund
der aber
keinerlei gelegenheit versäumt

franz martin einfallsreich
ob seiner schlechten sicht verunzusichern
und intensiv dabei
ins fäustchen sich zu kichern

wie eines tages
franz martin sitzt vor seinem haus
der freund
fährt mit dem fahrrad aus

fährt
an ihn heran
nicht so weit
dass der ihn sehen kann

und grüßt ihn mit verstellter stimme
aus dem ungefähr
franz martins dank
kommt prompt und freundlich hinterher

das rad ist schnell gewendet
und sofort
geht es zurück
an altbekannten ort

und wieder
ist derselbe gruß zu hören
franz martin
lässt in seiner ruhe sich dadurch nicht stören

der gruß erschallt
ein drittes mal
und langsam
wirds für den gegrüßten eine qual

beim vierten mal
man grüßt ihn wieder
fährt es franz martin
tief in alle glieder

er schimpft und schreit
hör endlich auf mit diesem grüßen
sonst sollst du
in der hölle dafür büßen

der ahnungslose grüßende erstarrt vor schreck
der gute
es ist nach diesem schock
ihm unsagbar zumute

der freund in sicherer entfernung
lacht und meint betont versöhnlich
herr pfarrer
nehmen sie es nicht persönlich

FEINES GEHÖR

franz martins sicht
bekanntlich äußerst kurz
wird durch die brille auch nicht besser
er trägt sie nur im schurz

ihn selber - sagt er
störe es nicht weiter dass so vieles er nicht sieht
weil sehn allein nicht reicht
um mitzukriegen was geschieht

sein freund
der gerne sich darüber lustig macht
hat einmal mehr
sich etwas ausgedacht

und als sie beide auf der bank vorm haus
das letzte tageslicht genießen
lässt er
die vorgefertigten gedanken sprießen

und fragt den freund
ob er denn auch den kirchturm sehe
und was da oben
bei der turmuhr grad geschehe

franz martin aber
reagiert mit einer müden handbewegung
und zeigt so gut wie gar nichts
an erhoffter regung

sein freund fährt also
unermüdlich seinen plan verfolgend fort
und zeigt mit ausgestrecktem arm
auf den genannten ort

würd ich das nicht selber sehen
fährt er fort sich zu entfalten
würde ich es
nicht für möglich halten

kein zweifel
ich seh es wie aus nächster nähe
was ich auf dem stundenzeiger
grad erspähe

ist eine freche
kleine kirchenmaus
na die will aber
hoch hinaus

ich glaub - der macht das klettern
auf dem zeiger richtig spaß
siehst du
das

am sehen – meint franz martin ohne aufzublicken
könnte es ein wenig hapern
doch höre er die maus ganz deutlich
an dem zeiger knabbern

MICH ZUERST

franz martin
hatte eine leidenschaft
und dieser widmete er
seine ganze kraft

er wüsste nämlich nicht
wie es auf dauer auszuhalten wäre
wenn niemals eigner wein
in seinem keller gäre

es war nicht viel
bloß ein paar dutzend dieser edlen reben
die bei entsprechender behandlung
beste traubensäfte geben

und diese ließ er ihnen
regelmäßig angedeihen
versäumnisse bezüglich dessen
seien ausnahmslos nicht zu verzeihen

ganz undenkbar
solang er im besitze seiner hände
dass diese seine leidenschaft
auch nur im kleinsten maße schwände

um diese ganz bewusst auch
aufrechtzuerhalten
und weil bei ihm
nur höchste qualitätsansprüche galten

hatte bei der arbeit er
in seiner tasche
immer
eine doppelliterflasche

seines heiß geliebten
kühlen weines mit dabei
doch eines tages
grobe schlamperei

war es eben dieser
der in seiner tasche fehlte
was ihm seine freude an der arbeit
arg vergällte

wenn er diese aber nun
nur deshalb nicht zu ende brächte
weil er dauernd
an die fehlende erfrischung dächte

litte doch sein weinberg
sehr darunter
also fuhr er fort
zunächst noch frisch und munter

langsam aber änderte sich
sein befinden
und er spürte
seine kräfte unaufhörlich schwinden

der durst erwies sich bald
als übermächtig
obwohl er jeden handgriff
sehr bedächtig

auszuführen
schon versuchte
es half auch nicht
dass er die eigene vergesslichkeit verfluchte

also musste er
weil andernfalls er hier im weinberg stürbe
und sein wein im keller
ungetrunken dann verdürbe

schnell nach hause
um dem vorzubeugen
und dem fasse zu erlauben
ihn zu säugen

da traf er
sehr beschwipst an einer hauswand lehnend
seinen freund
der ebenfalls nach kühlem wein sich sehnend

erleichtert ihm
bis in den keller folgte
weil er doch
noch etwas trinken wollte

und als franz martin
endlich vor dem rettenden gebinde stand
da nahm sein freund
den krug ihm mit den worten aus der hand

ich kanns nicht glauben
dass du dich so wenig um mich scherst
gib dir einen ruck
erbarm dich und lass mich zuerst

WALLFAHRT

zweimal jedes jahr
sind bei der fußwallfahrt
auch franz martin
und sein freund am start

nichts und niemand
kann es ihnen nehmen
sich zum pilgern
zu bequemen

es steht zwar
das gebet im vordergrung
doch ist es nicht nur für die seele
sehr gesund

zwischendurch
vom alltag abzuschalten
und bewusst
auch einkehr mal zu halten

so soll das
auf einer pilgerreise sein
also kehrt man
nach der wallfahrtsmesse ein

man trifft hier freunde
trinkt ein gläschen tauscht sich aus
und kommt
als neuer mensch nach haus

auch franz martin und sein freund
man soll die dinge ja beim namen nennen
waren nach so mancher wallfahrt
nicht mehr wiederzuerkennen

gleiches galt einmal
für jeden strauch
und den gesamten heimweg
auch

plötzlich
war die überfuhr verpasst
anfangs
hatte man ja keine hast

doch irgendwann
war nichts mehr zu besprechen
und man entschloss sich
aufzubrechen

ein paar kollegen
unverdrossen
hatten ebenfalls
den smalltalk sehr genossen

zusammen sollte es nun
heimwärts gehen
da ließen sie beinah
das kreuz im wirtshaus stehen

einer meinte dann
es sei ihm nicht zu schwer
die andern – sehr gutgläubig
gingen hinterher

sie schritten wacker aus
und sangen auch bald wieder
wenn auch
keine kirchenlieder

trotzdem
ging es flott voran
bis zu einem schienenstrang
der bahn

hier stoppte man
um einen zug vorbeizulassen
franz martin aber meinte
das ist doch nicht zu fassen

du
ich glaub der zug ist hier verkehrt
wir haben doch noch nie auf unsrer wallfahrt
schienen überquert

WURZELFLEISCH

franz martin
sollte nach dem braten sehn
sie selber – seine gattin
wollte nämlich in die kirche gehen

er machte das bei gott
und all den andern überhaupt nicht gern
doch sich der frau zu widersetzen
lag ihm mindestens genauso fern

so saß er also da
der braten brutzelte im rohr
wie ihm die frau befohlen
da klopfte es am tor

es war der freund
der kürzlich einen baum entfernte vor dem haus
nun ging es um die wurzel
die sollte auch heraus

auf mich – beteuerte franz martin
kannst du immer bauen
nur heute
muss ich leider auf den braten schauen

schauen – respektive sehen - ist
wie alle wissen – nicht grad deine stärke
lachte schallend laut der freund
und ging allein zu werke

er grub und schlug
und hieb und haute
während jener
auf den braten schaute

und pflichtbewusst
von zeit zu zeit
probierte mit der gabel
ob der braten schon so weit

es dauerte ihm schon zu lang
war ihm nicht geheuer
probierte noch einmal
sah auch nach dem feuer

alles passte
nur der braten war noch hart
normalerweise war um diese zeit
er schon ganz weich und zart

die zeit nahm keine rücksicht auf franz martin
das machte ihn nervös
die messe war bald aus
und seine frau wär sicher bös

wieder stieß er mit der gabel
und kratzte sich am bart
der braten aber
der war unverändert hart

mittag nahte
damit auch seine frau
franz martin
rechnete mit einem supergau

die tür ging auf
die frau herein
der braten
war noch immer hart wie stein

wie sollte er das unerklärliche
erklären
wär es möglich
ihr den blick auf das desaster zu verwehren

er versuchts
sie schiebt ihn kurzerhand zur seite
sie tritt näher
franz martin sucht das weite

und was sie dann erblickt
darüber ist sie sehr empört
sie findet diese sache
schlicht und einfach unerhört

manche kann man sehr leicht täuschen
das sind die zu denen i mi nit dazua zähl
was da im ofen liegt
ist zweifelsohne eine wurzel

NICHT GELESEN

franz martin war mit seiner frau
noch nie per sie
denn streit gab es in ihrem haus
so gut wie nie

doch einmal
die schuld lag sicherlich bei beiden
ließ es sich ganz einfach
nicht vermeiden

da traf es sich sehr gut
sowohl für sie als auch für ihn
dass ihr für eine freundin
etwas wichtiges noch unerledigt schien

zuhause war fürs wochenende zwar
noch viel zu tun
das alles aber
sollte ausnahmsweis einmal ruhn

damit der gatte
einen tag zumindest leidvoll sehe
wie es ihm auf
sich allein gestellt ergehe

sie packte also
schnell noch ihre siebensachen
um sich eiligst
auf den weg zu machen

er hats verdient - war sie sich sicher
und das tor fiel hinter ihr ins schloss
während er es sich gemütlich machte
und den tag schon jetzt genoss

am abend war sie müde
aber glücklich wieder da
doch was sie auf dem küchentisch
als erstes sah

versetzte sie
in schockbedingte starre
hatte sie doch
extra für das kirtagsfest der pfarre

gugelhupf gebacken
und zwei torten
und jetzt
rang sie nach worten

gibt es davon nur mehr
diesen kleinen rest
was wird jetzt
aus dem fest

hast du
meinen zettel nicht gelesen
du bist doch
eh dabei gewesen

und ich habs
groß und deutlich hingeschrieben
wo ist nur dein verstand
geblieben

durch die unschuldsmiene ihres gatten
sichtlich irritiert
obwohl schon gut und gern
seit einer ewigkeit mit ihm liiert

nahm sie
den besagten zettel wieder her
und meinte triumphierend
bitte sehr

da stehts
so dass es jedermann kapiert
für die pfarre
reserviert

er deutete das blatt zu drehen
als sie schon drohte mit dem besen
und da – in seiner schrift – stand
nicht gelesen

WILLENSSTÄRKE

früh morgens
fast noch vor dem ersten hahn
fährt franz martin
täglich mit der bahn

und
ein paar kollegen
einzig und allein
der arbeit wegen

mehr als eine stunde
mit bravour
und genau so lang
retour

da muss man doch danach
im wirtshaus noch entspannen
und ganz genau das machen er
und seine mannen

zumindest machen es
sein freund und er
und sie genießen es
von mal zu mal und mehr und mehr

bis eines tages
ihre beiden frauen
beschließen
nach dem rechten hier zu schauen

und dies
um den erfolg ganz sicher zu verbuchen
es mit einem klaren ultimatum
zu versuchen

solltet ihr noch einmal
das sagen wir euch beiden
so spät nach hause kommen
lassen wir uns scheiden

war das wirklich
ernst gemeint
fragen sich
im schmerz vereint

franz martin und sein freund
und sie beginnen nachzudenken
und nach kurzer zeit schon
einzulenken

nie wieder
so beeilt man sich zu schwören
soll man ähnliches
von ihnen hören

so solls nun also schon
am nächsten tag
so sein
dass nichts und niemand es vermag

die beiden
wieder umzustimmen
und sie für eine einkehr
zu gewinnen

und wirklich startet man
obwohl ein wenig noch nervös
den vorsatz sehr bewundernswert
fast bravourös

man ist zwar eher wortkarg
wie sonst nie
es ist auch nur mehr wenig da
von dieser euphorie

und immer kürzer
werden ihre schritte
doch unerwartet
finden sie zurück zu ihrer mitte

und fest entschlossen
gehn sie alle zwei
am wirtshauseingang
glatt vorbei

erleichterung beginnt
sich einzustellen
bevor triumph und freude
sich dazugesellen

die alte euphorie
ist wieder da
franz martin zieht den freund an sich
und meint fürwahr

wer hätte
das gedacht
wir haben das versprechen
wahr gemacht

gibt es etwas schöneres
auf erden
komm
das muss gefeiert werden

BUND FÜRS LEBEN

franz martin klagt
seit ein paar tagen
weil ihn schmerzen
irgendwo im körper plagen

endlich gibt er
seiner gattin drängen nach
und lässt sich ein
auf diese schmach

zum ersten mal in seinem leben
einen arzt zu konsultieren
und seinen ruf – auf den er stolz ist
zu verlieren

mit dem finger
könnten seine freunde auf ihn zeigen
weil sie alle
nicht so sehr zum kranksein neigen

der doktor
untersucht ihn nur ein paar sekunden
und schon ist guter rat
für ihn gefunden

lassen sie vernunft
in ihrem leben walten
sonst wird die leber
nicht mehr lange halten

franz martin
sieht durch diese diagnose sich bestätigt
dass wegen solcher kleinigkeiten
man nicht arztbesuche tätigt

er fühlt in diesem augenblick
sich wieder 110-prozentig fit
und teilt dem mediziner
dies auch unverhohlen mit

herr doktor
ich seh in ihnen keinen guten ratschlaggeber
denn eines sag ich ihnen
solang ich lebe hält auch meine leber

DAS GEWITTER

franz martin
ist um worte nicht verlegen
alle – ausgenommen seine frau
betrachten das als segen

er sagt zwar meistens
nicht besonders viel
doch was er sagt – oder auch macht
hat immer stil

das gilt für wirklich
jede lebenslage
für seine frau jedoch
wird er dadurch gelegentlich zur plage

besonders wenn er
seinem hang zum ausgehn fröhnt
und sich dabei ein achterl
oder mehr auch gönnt

denn auch selbst dann
lockt eheweibliches generve
franz martin
keinesfalls aus der reserve

und fragt man ihn
warum er nicht vor ihr das handtuch werfe
meint er
dass sie seine kreativität sogar noch schärfe

so kommts dass eines tages
es ist spät
er angeheitert
richtung heimwärts geht

dass es gerade regnet
ist ihm gänzlich einerlei
hat er doch – rat der frau
zum glück den schirm dabei

so gewappnet
schafft ers bis ins zimmer
die situation ist aber heute
nicht wie immer

er ist dadurch zunächst
ein wenig irritiert
dass frau gemahlin
überhaupt kein wort verliert

franz martin legt sich hin
und spannt den schirm
in aller ruhe
lässig über seine stirn

an dieser stelle
wär wohl jeder frau geduld zu ende
daher verständlich
dass auch sie zusammenschlägt die hände

was ist denn das
was soll das werden
hat man denn sowas jemals schon gesehn
auf erden

es sei doch ganz leicht möglich
meint franz martin sehr verschmitzt
dass es in kürze donnert
und ganz heftig blitzt

jetzt aber
gab es eine schelte
mit der sie jeden rohrspatz
in den schatten stellte

warum nur habe ausgerechnet sie
klagt sie als sie blindlings auf ihn drischt
den dümmsten
aller möglichen erwischt

darauf franz martin
und seine ruhe harnischt ihn wie einen ritter
ich hab doch gleich gesagt
es kommt noch ein gewitter

GESUNDENUNTERSUCHUNG

franz martin
ist von stattlicher statur
und
pferdeähnlicher natur

trotzdem
meinte seine frau
lass dich einmal anschaun
und zwar genau

es blieb ihm nichts
um sie nicht zu vergrämen
übrig
als den vorschlag anzunehmen

also machte er sich
auf den weg zum doktor
und stand kurz darauf
vor dem barocktor

seines hausarzts
hauses
das tor ging auf
der arzt kam raus es

gab nun nichts mehr
dran zu rütteln
nach kurzem intensivem
händeschütteln

nannte er als grund
für den besuch
dass nämlich er - der doktor
ihn nach allen regeln untersuch

drückt es
oder zwickt es irgendwo
gibt es störungen der regelmäßigkeit
bezüglich klo

begann der doktor
mit den fragen
und stellte weitere
zu allen lebenslagen

prüfte blutdruck
augenlicht und sehvermögen
trug die werte ein
in spezielle bögen

klopfte hier
horchte da
kratzte sich und schloss dann vorwurfsvoll
mit einem fachlichen naja

das herz
es hört sich gar nicht regelmäßig an
ich fürchte fast
sie übertreibens mit dem trinken dann und wann

franz martin war erleichtert
und beruhigte den arzt ganz lässig
dann kann es nicht vom trinken sein herr doktor
denn trinken tu ich regelmäßig

HALBE SACHEN

franz martin
der ein starker raucher war
hatte es mit seiner frau
die meiste zeit ganz wunderbar

wenn er nicht rauchte
wohlgemerkt
denn dann
war seine position gestärkt

gab er ihr jedoch
in diesem punkt nicht recht
war diese augenblicklich
wieder sehr geschwächt

er solle es ihr einfach sagen
wenn er eine rauchen wolle
und um des lieben friedens willen
ließ er ihr darüber die kontrolle

und sie im glauben
er sei vor dieser sucht zu retten
wenn sie verwalte
alle seine zigaretten

natürlich hatte er
das eine oder andre packerl
heimlich in dem einen
oder andern sackerl

sie durfte allerdings
davon nichts wissen
er würde diese möglichkeit
wohl sehr vermissen

so war er also diesbezüglich
ziemlich auf der hut
und damit klappte alles
auch ganz gut

nur wurde dieses spiel
von seiner lieben
eines tages
doch ein wenig übertrieben

als er gekonnt devot wie stets
um eine zigarette bat
und felsenfest auch rechnete
mit ihrer guten tat

doch sie gewährte nur die eine hälfte
vom begehrten stück
die andere
hielt sie zurück

für später meinte sie
den zeigefinger hoch erhoben
danke – nickte lächelnd er gequält
du schaust auf mich – ich muss dich loben

das soll alles sein
dass ich nicht lache
dachte er in wirklichkeit
und sann nach rache

und diese ließ nicht lange
auf sich warten
denn als man
mit der arbeit fertig war im garten

zeigte sie sich
von der besten seite
er überlegte
welche absicht sie wohl leite

und ergriff – als sie sich bot
mit äußerst kühlem kopf
die gelegenheit
beim schopf

sie aber ahnte nicht
was er im schilde führte
während sie ihn zart
und zärtlicher berührte

und nicht müde wurde
zu betonen
sie wolle ihn
für seine einsicht reich belohnen

doch er gewährte nur die eine hälfte
vom begehrten stück
die andere
hielt er zurück

AUSFLUG AN DEN STRAND

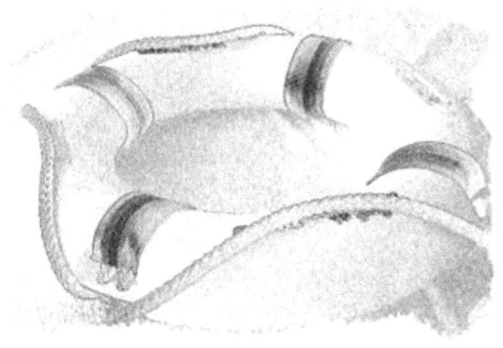

jedn tog nochmittog
wolln sie zu viert
oda a nit
weil die öteste tochter is plötzlich so miad

also könntns
zumindest zu dritt
die kloani - franz martin
und da jüngste ganz stolz in da mitt

außi am zicksee
es is nit so weit
die kloani schloft ein
sie san no zu zweit

da jüngste glaubt plötzlich
er wa no vü zkloan
na großoartig denkt si franz martin
dann foahr i alloan

sei gattin
de braucht er glei gor nit lang frogn
de hoit sowiaso
überhaupt nix vom bodn

er pockt seine sochn
und is schon beim gehn
do hört er wen schrein
also bleibt er kurz stehn

zu viert - sogt die große
des hätt mi nit gfreit
i bin nimma miad
geh foahrn ma zu zweit

die kloani wocht auf
sie is wieda fit
und schreit ganz begeistert
foahrn ma zu dritt

beim einsteign denkt si franz martin
er hätt do wos gspürt
da jüngste sitzt scho längst drin
also foahrn sie zu viert

GUTE NACHT HERR PFARRER

franz martin
kommt gelegentlich sehr spät nach haus
es geht sich manchmal früher
einfach ganz unmöglich aus

seine frau hat dafür
meistens kein verständnis
und franz martin
hasst nichts mehr als ein geständnis

so kommt er eines tages
als die frist
wieder einmal überzogen ist
auf eine list

und um die szene
so perfekt wie möglich zu gestalten
lässt er
allergrößte vorsicht walten

das fenster ihres schlafraums
ist so gut wie immer
einen spalt geöffnet
wenn gemahlin schon im zimmer

daher beginnt er erst
sobald er sich hat überzeugt
dass die gattin nicht genau in dem moment
sich aus dem fenster beugt

drinnen also seine frau
mit namen sarah
draußen er mit lautem gruße
gute nacht herr pfarrer

dieser gruß
verfehlt die wirkung nicht
und es erwartet ihn trotz später stunde
noch ein freundliches gesicht

triumph perfekt
er legt sich müde aber glücklich nieder
und weils so gut geklappt hat
grüßt er schon zwei tage später wieder

sie ist stolz
dass er in solchen kreisen
er genießt und denkt sich
alles weitre werde sich schon weisen

doch hätt er sich
nicht vorgestellt
dass sich zum glück
so schnell das un- gesellt

denn eines abends
als er seinen freund den pfarrer wieder grüßt
beschließt das schicksal
dass er seine sünden büßt

und was er hört
das klingt in seinen ohren wie ein fluch
komm nur rein
der pfarrer ist grad auf besuch

DAS LETZTE SCHNITZEL

weil sie auf den anlass
nie vergessen
lädt franz martin seine freunde
jährlich zum geburtstagsessen

dieses treffen ist
seit es es gibt
bei ihm und seinen sieben freunden
überaus beliebt

und es ist nie passiert
dass einer fragen musste - ja was war denn
warum bin ich
nicht eingeladen

natürlich kams gelegentlich
zu kleinen eskapaden
man trinkt ja zum geburtstag
nicht nur limonaden

und trotzdem
kam es praktisch niemals vor
dass einer seine
contenance verlor

nur einmal
da ist eine kleinigkeit passiert
franz martin
hatte schnitzel an dem tag serviert

frisch gebacken
knusprig heiß
weils genauso sein muss
wie ein jeder weiß

man ließ es sich auch
dementsprechend schmecken
doch
was war das für ein schrecken

als nur mehr eines
auf dem teller lag
und man registrierte
dass es außer diesem nichts mehr gab

jeder wollte
keiner wagte
jeder hoffte
bis franz martin sagte

bitte nehmt es doch
und seis nur mir zuliebe
es wär doch schade
wenn es wirklich übrig bliebe

das wasser lief zusammen
in der freunde münder
doch lieber wollten sie
als arme sünder

hungrig
guten eindruck hinterlassen
als nach diesem letzten stück
zu fassen

wieder kam franz martin
mit der bitte
nicht schon abzuschließen
mit dem appetite

schließlich
habe er zum essen eingeladen
das sei nett
doch wolle man nicht der gesundheit schaden

zu viel des guten
sei gefährlich
meinten sie
und es klang beinahe ehrlich

franz martin
der das aber nicht recht glauben konnte
meinte
dass sich eine kleine list nun lohnte

das licht geht aus
es fährt durch mark und bein
ein grauenhafter schrei
franz martin schaltet wieder ein

dem freund
der selbst im finstern noch das schnitzel fand
dem steckten jetzt
sechs gabeln in der hand

DIE ZEITEN ÄNDERN SICH

hat er früher sich gesagt
was wäre
denn ein mann
ohne karriere

nimmt franz martin plötzlich
alles locker
gibt am wochenende sich
als jogger

kann der andern hektik
nicht verstehn
und beteuert
mich habt ihr so nie gesehn

früher hat er
tag und nacht
auf dem hochstand
zugebracht

waidmannsheil
und waidmannsdank
davon wird man plötzlich
nicht mehr krank

und man weiß
im fall des falles
wild zu schießen
ist nicht alles

früher hat man
stundenlang
teils gespräche
teils gesang

meistens
in illustrer runde
oft auch
bis zu später stunde

manchmal
fast schon alkoholisiert gepflogen
heute
wär das alles schlicht gelogen

früher
drehte das gespräch sich gerne
schweift nicht jeder
ab und zu mal in die ferne

um die frauen
dieser welt
wies dem manne eben
so gefällt

um frau hofrat doktor
diplomatin
heute zählt nur eine
seine gattin

war er früher tage
wochen nicht zu haus
hält ers plötzlich
kaum zwei stunden aus

kocht saugt staub
und pflegt den garten
alles andre – außer seine gattin
lässt er selbstverständlich warten

züchtet gurken
bohnen
petersilie
mittelpunkt ist die familie

IN DER SCHULE

franz martin
mit sechs jahren
altklug schon
doch nicht erfahren

muss
so meint der dorfschulmeister
unbedingt
und seis der

erste
den die polizei
mit vereinten kräften
eins zwei drei

zerren müsste
vor die tafel
und
sein pädagogisches geschwafel

nun sitzt er also da
und staunt
wie der lehrer
schlecht gelaunt

an besagter tafel schreibt
und schreibt
und schreibt
und ihm gar nichts andres übrigbleibt

als schön brav
auf seinem platz zu bleiben
und das ganze
abzuschreiben

endlich kommt
zu seinem glück
stück für stück
die erinnerung zurück

und er kommt
auch gleich ins schwärmen
so kann er
an der geschichte sich erwärmen

die ein freund vor kurzem ihm erzählt
ganz direkt
im
dialekt

wie es damals
ihm ergangen
als er selber
mit der schule angefangen

schworz und groß steht do wos
sicha wichtig
owa richtig
unsympathisch und quadratisch

in da fruah
wennst a nur
amoi einschaust ind klass
glei vageht da jeda spaß

und du wüst
weil du fühlst
es wird gfährlich
owa ehrlich

wieda gehn
dann bleibst stehn
weil du woast dass des nix bringt
und es sicha nit gelingt

und du außerdem schon drei-
oder viermoi oanalei
es probiert host und kapiert
dass aus so an plan nix wird

du gibst auf setzt di nieda
mensch is dir de tofü zwieda
in da schul wars sunst ganz häuslich
nur di tofü findst du scheußlich

oiwü rechna
oiwü schreim
bis zur pause
sitznbleim

und wennst aufschaust
hauts di nieda
schreck loss noch
do is's scho wieda

oiwü
steht sie do voran
kurz und guid
es ghört wos tan...

doch dann bleibst
und du schreibst
lauter mist
und du bist

voller angst
und du fangst
an zu schwitzen
weil des sitzen

vor da tofü mocht die fertig
owa geistesgegenwärtig
wie du bist
wenn du wüst

siachst a chance
nimmst wos brauns
noß und koid is's - in die hand
tuast nit lang mehr umanand

sie is vollgschriem
bis am rand
und is plötzlich
ganz valetzlich

und du foahrst
weil du woast
jetzt is's leicht
und es reicht

afoch drüber kurz entschlossen
für an lehrer nicht zu fossn
wos si der do so traut
hearst i glaub der ghört ghaut

und er findt des ganz entsetzlich
und zutiefst auch ungesetzlich
trotzdem san
a die klan

olli schüler sehr erheitert
und das löschen wird erweitert
ganz in ort no a wort
in an eck no a fleck

und du wischt
und du wischt
und dann schaust
und du traust

deinen augen nit weil plötzlich
für an schüler echt ergötzlich
is die große schworze tofü weg
üwa bleibt a laara fleck

dann is gschehn
du host gsehn
wenn ma wü
kann ma vü

und du bist a glei ganz wichtig
wos du tan host des wor richtig
hiaz stehs nimmermehr voran
kurz und guit es ghört wos tan...

franz martin
will es nun genauso machen
denn
das wäre doch zum lachen

plötzlich hört er
einen schrei
denkt sich aber
anfangs nichts dabei

doch im nächsten augenblick
ist ihm schon klar
dass der lehrer
dieser schreihals war

ganz verdattert
schaut er drein
er muss wohl
eingeschlafen sein

DIE PLEJADEN

franz martin setzt auf bildung
denn wissen könne niemals schaden
und sei es auch nur etwas
über krautrouladen

oder über
biologisch hergestellte limonaden
er meint auch solches
wär nicht nur für schreibtischladen

er reist auch viel
er sagt zuhause blieben nur die faden
und manchmal
träumt er nachts von den plejaden

darauf angesprochen
folgen in tiraden
wahre schwärmereien
beispielsweise über die sporaden

wo an einsamen
gestaden
man nicht dicht gedrängt liegt
wie die maden

und trotz sonnenbrands
bis an die waden
unabhängig
von den graden

manche auch mit ouzo
vollgeladen
nur ein ziel hat:
sonnenbaden

sondern wo den abend man genießt mit wein
salat und marinaden
und mit brot
geformt zu schmackhaft dünnen fladen

einst auf den
romantischen kykladen
spazierten er
und seine kameraden

eingehüllt
vom dufte der pomaden
neben meeresrauschen
über promenaden

um danach
mit eigenwilligen scharaden
personal
und gäste zu verladen

hier war er bekannt
für seine maskeraden
derentwegen er schon öfter
vorgeladen

und für seine
üblen eskapaden
die sich durch sein leben ziehen
wie ein roter faden

er steigt für alles oder nichts
auf barrikaden
nimmt gern teil
an allen möglichen paraden

kämpft um reisefreiheit
für nomaden
und beachtet strikt
kein überholverbot auf der geraden

in solchen angelegenheiten
hat er öfter etwas auszubaden
und manchmal träumt er nachts
von den plejaden

liebend gerne wär er
einmal eingeladen
irgendwo
am fernen golf von aden

mit blick
auf wunderschöne palisaden
erbaut
in längst vergangenen dekaden

dort – so hört man
zirpen manchmal myriaden
liebeshungriger
zikaden

hinter
abendlichen nebelschwaden
ihren weibchen
zauberhafte serenaden

dort erscheinen ihm vielleicht
vor wildromantischen kaskaden
tausend und noch eine
wunderschöne scheherazaden

franz martin kann in seiner phantasie
sich leicht mit schätzen schwer beladen
und manchmal träumt er nachts
von den plejaden

WINTERURLAUB

franz martin
gibt damit bestimmt nicht an
dass er herrlich
nicht nur snowboard fahren kann

und joschko
sein kongenialer kollege
geht mit ihm
meistens gemeinsame wege

beinah jedes jahr
fand man sich ein
um gast beim herrn sepp
und der christl zu sein

zu ihrem lieblingsquartier
im schönsten bergland drin
dort führte es sie
selbst als schüler schon hin

und weil es den beiden dort
so besonders gefiel
war dieser ort
jedes jahr nun ihr ziel

einmal
ungefähr um mitte märz herum
feierten sie dort
ein ganz besonderes ju-*bi*-läum

sie waren in diesem
schönen quartier
genau zum
dreißig male schon hier

natürlich wurde das
mit rotem wein begossen
und auf das jubiläum
angestossen

glas um glas
die kehle runter
mit jedem wurde es noch lustiger
und bunter

doch wie das leben
uns des öfteren so spielt
war eine kuh
an diesem tage grad gewillt

ihr kälblein
auf die welt zu bringen
und aus wars
mit dem feiern und dem singen

auf in den stall
zur kalbenden kuh
denn die brauchte hilfe
sofort und im nu

die beinchen allein
die schauten schon raus
da stöhnte der tierarzt
o weh und o graus

jetzt liegt unser kalb
verkehrt innen drin
ich brauch also
jemandens hilfe beim ziehn

er legte ganz rasch
so wie um die wette
um kälbeleins beine
die rettende kette

sepp by himself
der konnte nichts tun
achillessehne kaputt
verordnetes ruhn

franz ein kollege
fasste nichts an
er war vegetarisch
beinah schon vegan

joschko mit snowboard
nach zwei schwüngen schon
außer gefecht
mit schulterluxation

franz martin
wehrte sich anfangs verbissen
sprunggelenksband
erst kürzlich gerissen

steh nicht herum
komm jetzt franz martin zieh
schrie der tierarzt
allein schaff ich das nie

franz martin erkannte
ärztleins und kälbeleins not
und dachte
bevor eins am ende noch tot

zieh ich halt einmal
so kräftig ich kann
und schon hängte er
an der kette mit dran

er zog und er zerrte
und plagte sich sehr
und merkte jetzt
kinder zu kriegen ist schwer

er schwitzte und stöhnte
doch gabs kein beschweren
und half bis zum ende
der kuh beim gebären

kaum war die schwere geburt
endlich glücklich vorbei
gabs von der feier
sofort den teil zwei

es wurde verkostet
in rot und in weiß
und sigi dem tierarzt
war schon ganz heiß

es wurde geplaudert
gescherzt und gelacht
und nächtens
sogar noch ein spielchen gemacht

dazwischen gab es
manch kräftigen schluck
bis sigi erklärte
es wär nun genug

doch immer nur wenig
ist ja nicht viel
also gings weiter
bis lang nach dem spiel

irgendwann später
die zeit schien gekommen
hat joschko
seine gitarre genommen

gespielt und gesungen
die anderen haben gegrölt
die kehlen
wurden dann wieder gemeinsam geölt

nach dutzenden liedern
fiel sigi sofort wieder ein
im auto
sitzt lilli der hund noch allein

aber no problem
die lilli mein hund
meinte er
bleibt selbst in größter kälte gesund

beinah wieder morgen
sie schüttelten hände
es geht auch das schönste
fest mal zu ende

auch sigi und lilli
fuhren nach haus
denn nun war die fete
endgültig aus

vorsichtig
legte sich jeder ins bett
und träumte zufrieden
denn es war nett

tags darauf
nach all dem geschehn
gings nur darum
wieder auf eigenen beinen zu stehn

dem neugeborenen kalb
gelang dies ganz gut
das machte den ältergeborenen
auch wieder mut

und zur kontrolle
für das in alle herzen geschlossene tier
meinte der sepp
wär auch der sigi bald wieder hier

wie war man erstaunt
als man erblickt
dass sigi mit lili
eine vertretung geschickt

er selber sei krank
er hätts mit dem magen
ließ er dem sepp
und den anderen sagen

doch alle beteiligten
wussten genau
der sigi trank rot
und jetzt war er blau

DAS LETZTE STÜCK

franz martin hat die meiste zeit
am bauernhof verbracht
es gab zwar arbeit
von ganz früh bis in die nacht

doch hat er immer
sehr humorvoll drauf gepocht
es werde nicht so heiß gegessen
wie gekocht

es stimme außerdem auch nicht
dass freizeit man gewönne
wenn jede arbeit man
recht zeitig nur begönne

rechtzeitig finde er
im allgemeinen schlecht
denn zeitig sei ihm
ganz und gar und überhaupt nicht recht

man habe ja schon oft gehört
dass es sich räche
weil übermüdet
man sich leichter etwas bräche

zu glauben dass der weizen schneller
und gesünder auch gediehe
weil man beinahe
seine ganze zeit an ihn verliehe

und man dadurch vielleicht auch
nicht so reichlich drösche
wenn das interesse dran
erlösche

das alles halte er
für maßlos übertrieben
dürfe man denn seine freizeit
überhaupt nicht lieben

franz martins
sagenhafte strebsamkeit
war also eher die
nach mehr gemütlichkeit

besonders grausam
fand er tätigkeiten
die allein schon deshalb
seelenschmerz bereiten

weils dazu einfach heißt
das schaffst du schon allein
er fragte sich
warum muss immer ich der eine sein

einst nach guter ernte
war der kukuruz
aus fäulnisgründen
und zu seinem schutz

vor mäusen
und vor andern nagern
in tschardaken
einzulagern

dazu war franz martin
auserkoren
wieder einmal hatte sich ein jedes
gegen ihn verschworen

mit großer unlust
schickte er sich an
zu tun
was er noch niemals gern getan

stück für stück
begann er reinzuwerfen
jeder kolben
zerrte mehr an seinen nerven

unbewusst
begann er mitzuzählen
und sich damit
noch sehr viel mehr zu quälen

denn es gab nun
eine neue hürde
was wäre
wenn er sich verzählen würde

dies alles brachte ihn
sehr bald zum schwitzen
doch er hatte
nicht viel zeit zum sitzen

er entledigte sich
seiner jacke
und warf weiter
stück um stück in die tschardake

überraschend
fühlte es sich plötzlich an
als ginge nun
tatsächlich was voran

er hatte fast schon spaß
war beinah davon besessen
da merkte er
er hatte auf das zählen glatt vergessen

der zarte eifer
war im handumdrehen wieder weg
stattdessen
gab es einen riesenschreck

obwohl das häuflein speicherseitig
schnell zu wachsen kam
sah man das der großen menge draußen
noch nicht im geringsten an

solches macht bekanntlich
ziemlich mürbe
und vermittelt ein gefühl
als ob man eher stürbe

als die arbeit
zu vollenden
aber jedes blatt
beginnt sich irgendwann zu wenden

auch franz martins lebensgeister
kehrten schnell zurück
als er es erblickte
dieses langersehnte letzte stück

er nahm es auf
und sah es lange an
wie man nur
so dumm sein kann

dachte er sich
stolz auf die erkenntnis die er nun gewonnen
ich wär längst fertig
hätte ich mit dem begonnen

WEISE ENTSCHEIDUNG

franz martin
träumt vom stein der weisen
und dass er äußerst nützlich wär
zum beispiel auch auf reisen

bis er erkennt
man kommt ja immer wieder heim
also
lässt ers wieder sein

DIE KERLINGERHÖHE

ob es gut ist
oder schlecht
ja es stimmt
ich geb euch recht

pflegt franz martin
stets zu sagen
wenn ihn
unbedarfte fragen

sie ist nicht hoch
sie ist nicht weit
bietet
keine abgeschiedenheit

ist nicht zerklüftet
und ganz ehrlich
auch
auf keine art gefährlich

ist nicht bewaldet
nicht bewohnt
wird vom wetter
nicht verschont

und wird im kartenwerk erwähnt
mit keinem wort
aber
sie ist ein besondrer ort

wahres
oder
war es nicht

weitere texte
von martin franz neuberger
finden sich in

das ungegenteil
edition rötzer
eisenstadt 2006
isbn 3-85374-384-6

schwarzweisheiten
novum verlag
neckenmarkt – wien – münchen 2009
isbn 978-3-85022-780-3

die ungelesenen weggefährten
bod – books on demand
norderstedt 2016
isbn 978-3-7392-2852-5

martin franz neuberger
schreibt seine texte normalerweise
in konsequenter kleinschreibung
und ohne satzzeichen
einzige ausnahme – der gedankenstrich

weitere infos unter
www.mfneu.com

martin franz neuberger

geboren 1956
in st. andrä am zicksee
burgenland - österreich

matura am
musisch pädagogischen realgymnasium
in eisenstadt

lehramt für deutsch
geographie und geometrisches zeichnen
ebenfalls in eisenstadt
an der pädagogischen akademie

lehrer in der nms neusiedl am see

eigene biologische landwirtschaft

seit 1981 verheiratet
drei kinder - zwei enkelkinder

schreibt bühnenstücke kurzgeschichten
gedichte liedtexte u a

präsentiert seine texte und lieder
zusammen mit drei musikern
unter dem namen
SAE!TNR!SS

inhalt

die nachricht	11
ein traum	13
der dorftrommler	15
komme gleich	19
tagwache	23
überrüberkannman	27
abendrot	31
hoher besuch	35
ein kleines bier	39
ein haar	41
heiß und schnell	45
zwei lichter	49
ausgekocht	53
fahrzeugkontrolle	57
das wasserbett	61
dienst ist dienst	67
der chardonnay	73
erdäpfelschmarren	79
der neuburger	83
gott zum gruß	87
feines gehör	91
mich zuerst	95
wallfahrt	99
wurzelfleisch	103
nicht gelesen	107
willensstärke	111
bund fürs leben	117
das gewitter	121
gesundenuntersuchung	125
halbe sachen	129
ausflug an den strand	133
gute nacht herr pfarrer	137
das letzte schnitzel	141
die zeiten ändern sich	145
in der schule	149
die plejaden	157
winterurlaub	163
das letzte stück	171
weise entscheidung	177
die kerlinger höhe	179